Hermosos errores

Los errores, dicen, son lecciones aprendidas
Una oportunidad para empezar de nuevo, un puente quemado
Pero yo digo que los errores también pueden ser bellos
Una oportunidad de crecer, de aprender, de renovarse

Porque en nuestros errores, encontramos nuestras fortalezas
Aprendemos a perdonar, a amar, a arrepentirnos
Nos damos cuenta de que la perfección es una ilusión
Y que está bien hacer un poco de confusión

Así que acepta tus errores, mi amor
Porque forman parte de ti
Y al final, no se trata de ser perfecto...
Se trata de ser honesto, amable y fiel a tu corazón.

Por los bellos errores que cometemos
Porque son parte de nuestro viaje, parte de nuestro destino
Abracémoslos y sigamos adelante, de la mano
Juntos, haremos los planes más hermosos

Amor

El amor es una rosa que florece al sol
Una flor que aporta alegría y belleza a nuestras vidas
Llenando nuestros corazones de asombro, de diversión
Un símbolo de amor que nunca muere

El amor es una canción que surca el cielo
Una melodía que nos llega al corazón y al alma
Llenando nuestros días de esperanza y alegría
Una canción que nunca envejece

El amor es una danza, girando a través de la noche
Un movimiento que habla de nuestros deseos más profundos
Llenando nuestras vidas de pasión, de luz
Una danza que nunca caduca

El amor es un viaje, uno que todos debemos hacer
Un camino que nos lleva a nuestro verdadero yo
Llenando nuestros corazones de risa, de dolor
Un viaje que conduce al amor y a la felicidad

El amor es un don, una bendición de lo alto
Un tesoro que llena nuestras vidas de alegría y paz

Llenando nuestros corazones de esperanza, de amor
Un regalo que nunca cesa.

Romance

El romance es una brisa, una suave caricia
Un toque suave y sutil que conmueve el corazón
Llenando nuestras vidas de ternura
Un sentimiento que nos distingue

El romance es una llama, un deseo ardiente
Un fuego apasionado que consume nuestra alma
Llenando nuestros corazones de amor y fuego
Un sentimiento que nos hace completos

El romance es un sueño, una bella ilusión
Una visión del amor que llena nuestros corazones de esperanza
Llenando nuestras vidas de felicidad y confusión
Un sueño que nos ayuda a salir adelante

El romance es un viaje, un camino hacia las estrellas
Un camino que nos lleva a un mañana más brillante
Llenando nuestros corazones de risas, de cicatrices
Un viaje que nos ayuda a seguir

El romance es un regalo, un tesoro del cielo
Una bendición que llena nuestras vidas de alegría y paz

Llenando nuestros corazones de esperanza, de amor
Un regalo que nunca cesa.

Belleza

Su belleza es como una rosa,
Tan delicada y justa.
Es la forma en que juega la luz del sol,
En su cabello dorado.

Sus ojos son como las estrellas,
Brillante y verdadera.
Su sonrisa es como un rayo de luz,
Trayendo calor y alegría de nuevo.

Su gracia es como la de una bailarina,
Moviéndose con tanta facilidad.
Su encanto es como una sinfonía,
Una obra de arte para complacer.

Su belleza es un tesoro,
Un regalo del cielo.
Me llena el corazón de felicidad,
Y llena mi vida de amor.

Admiración

Te admiro, chica,
Con tus ojos brillantes y luminosos,
Tu sonrisa que ilumina el mundo,
Tu risa que llena los cielos.

Eres fuerte, valiente y sincera,
Una fuerza a tener en cuenta,
Te mantienes firme y afrontas cada día
Con valentía, gracia e ingenio.

Eres amable y generoso,
Tu corazón está lleno de amor,
Das a los demás desinteresadamente,
Tu espíritu se eleva por encima.

Me inspiras a ser mejor,
Alcanzar mis sueños y metas,
Abrazar plenamente cada momento,
Vivir mi vida con alma y corazón.

Así que aquí va un pequeño poema,
Para decirte lo que siento, te admiro, chica, y siempre lo haré.

Su sonrisa

Su sonrisa es como un rayo de sol,
Calentando mi día,
Es como una explosión de felicidad,
De la forma más hermosa.

Su sonrisa es como una melodía,
Eso llena mi corazón de alegría,
Es como un abrazo desde lejos,
Que siempre disfruto.

Su sonrisa es como un hechizo mágico,
Eso aleja mis penas,
Es como un jardín de flores,
Eso crece y crece.

Su sonrisa es como un tesoro,
Que aprecio y estimo,
Es como una gema preciosa,
Que brilla con luz propia.

Así que si la ves sonriendo,
No dudes en devolverle la sonrisa,

Porque su sonrisa es un regalo,
Que todos deberíamos atacar.

Sentirse

Mis sentimientos por ella son profundos y verdaderos,
Como un río que fluye tan firme y fuerte,
Son como un fuego que arde con fuerza,
Y me mantiene en marcha todo el día.

Mis sentimientos por ella son puros y reales,
Como un diamante que brilla tanto,
Son como una suave brisa en un día de verano,
Que me acaricia y me abraza con fuerza.

Mis sentimientos por ella son infinitos e ilimitados,
Como la inmensidad del océano y del cielo,
Son como una canción interminable,
Eso llena mi corazón de amor y de suspiros.

Mis sentimientos por ella son un misterio,
Eso nunca lo entenderé del todo,
Pero sé que forman parte de mí,
Y siempre estarán a mano.

Su olor

Su olor es como un ramo de flores,
Fresco, dulce y delicado,
Es como un soplo de primavera,
Que llena el aire con su aroma.

Su olor es como un paseo por el bosque,
Donde el aire es fresco y limpio,
Es como un chapuzón en un arroyo fresco,
Eso me baña de serenidad.

Su olor es como el de un curry picante,
Rico, audaz y abundante,
Es como un cálido abrazo,
Eso me rodea por completo.

Su olor es como un recuerdo,
Eso perdura en mi mente,
Es como una presencia reconfortante,
Que siempre puedo encontrar.

Así que si la hueles,
No dudes en respirar hondo,

Para ella el olor es un regalo,
Que debes atesorar hasta la muerte.

Usted

Oh dulce niña de mis sueños,
Mi corazón se desborda,
Con amor y adoración,
Por ti, mi amor crece y crece.

Tu belleza es incomparable,
Su amabilidad no tiene límites,
Tu espíritu gentil me levanta,
Cuando mis propios pies tocan el suelo.

Tu risa llena el aire,
Como una canción de alegría y júbilo,
Su gracia y aplomo me asombran,
Querida, me acercas.

Estoy muy agradecida,
Tenerte en mi vida,
Mi amor por ti nunca se desvanecerá,
Tú eres mi luz brillante.

He aquí un poema,
A la chica que quiero tanto,

Que nuestro amor siga creciendo,
Año tras año.

Atención

Su cuidado, es un sentimiento tan cálido y verdadero
Un lazo que nos une, un amor que es nuevo
Ella es la que siempre me cubre las espaldas
El que nunca falta, el que nunca afloja

Su cuidado, es un sentimiento que llena mi corazón
Un amor que siempre está ahí, desde el principio
Ella es la que me hace sentir sano y salvo
El que siempre está, el que siempre se encuentra

Su cuidado, es un sentimiento difícil de describir
Un amor que siempre está ahí, no importa la hora
Ella es la que me hace sentir querido y deseado
El que siempre se planta, el que siempre se burla

Así que aquí está a su cuidado, un amor que debemos abrazar
Un sentimiento que nos alegra y nos llena la cara
Con sus cuidados, podemos conquistar cualquier cosa
Porque es lo más hermoso y edificante

Cuida de ti

A la chica que quiero tanto,
Prometo cuidarte,
Para estar siempre a tu lado,
En todo lo que haces.

Te abrazaré cuando estés triste,
Y enjuga tus lágrimas,
Seré tu luz resplandeciente,
Para desterrar todos tus miedos.

Te apoyaré y te animaré,
Mientras sigues tus sueños,
Seré tu compañero constante,
En todo lo que trae la vida.

Te querré y te apreciaré,
Con todo mi corazón y mi alma,
Haré todo lo que esté en mi mano,
Para mantenerte entero.

He aquí un poema,
A la chica que amo de verdad,

Siempre cuidaré de ti,
En todo lo que hago.

Todo lo que quiero para Navidad eres tú

Todo lo que quiero para Navidad eres tú
Tu amor, tu calor, tu todo verdadero
Tu sonrisa, tu risa, tu tacto tan tierno
Tu amor, es todo lo que necesito, es todo lo que recuerdo

Todo lo que quiero para Navidad eres tú
Tu voz, tu beso, tu todo nuevo
Tu corazón, tu alma, tu amor tan puro
Tu amor, es todo lo que quiero, es todo lo que soporto

Todo lo que quiero para Navidad eres tú
Tu presencia, tu calor, tu todo verdadero
Tu abrazo, tu beso, tu amor tan real
Tu amor, es todo lo que necesito, es todo lo que siento

Así que aquí está todo lo que quiero para Navidad, tú
Tu amor, tu calor, tu todo verdadero
Contigo, puedo conquistarlo todo
Porque tu amor es lo más bello y edificante

Promesa

Prometo amarte,
Con todo mi corazón y mi alma,
Para quererte y adorarte,
Hasta el fin de los tiempos.

Prometo ser leal,
Y permanecer siempre a tu lado,
Estar a tu lado en las buenas y en las malas,
Por todos los vericuetos de la vida.

Prometo apoyarte,
En todo lo que haces,
Para animarte e inspirarte,
Ser lo mejor posible.

Prometo estar a tu lado,
En los buenos y en los malos tiempos,
Para cogerte de la mano y consolarte,
Siempre que te sientas triste.

He aquí un poema,
A quien quiero tanto,

Prometo amarte siempre,
A través de cada alegría y lágrima.

Relación

Vivir una relación, es un viaje lleno de altibajos
Un vínculo que construimos, en las buenas y en las malas, por todas partes
Es un sentimiento que nos llena de alegría y desesperación
Un amor que alimentamos, con cuidado y con la oración

Vivir en una relación, es un baile de dar y recibir
Un vínculo que formamos, por el amor de Dios
Es un sentimiento que nos hace reír y llorar
Un amor que vivimos, mientras reímos y suspiramos

Vivir en pareja es un viaje lleno de giros y vueltas
Un vínculo que creamos, a través del fuego y de las quemaduras
Es un sentimiento que nos llena de esperanza y de miedo
Un amor que vivimos, mientras reímos y lloramos

Así que por vivir en una relación, un viaje que debemos abrazar
Un vínculo que nos alegra y nos llena la cara
Con amor, podemos conquistar cualquier cosa
Porque es lo más hermoso y poderoso

Beso

Un beso romántico, es un sentimiento tan dulce y verdadero
Un lazo que nos une, un amor que es nuevo
Es un toque que es gentil, un toque que es suave
Una belleza que nos llena de amor, una belleza que es desván

Un beso romántico, es un sentimiento que llena el aire
Un vínculo que compartimos, sin cuidado
Es un toque que es cálido, un toque que es amable
Una belleza que nos llena de alegría, una belleza que encontramos

Un beso romántico, es un sentimiento poco común
Un vínculo que apreciamos, sin comparación
Es un toque que es mágico, un toque que es real
Una belleza que nos llena de amor, una belleza que sentimos

Por un beso romántico, una belleza que debemos abrazar.
Un sentimiento que nos alegra y nos llena la cara
Con amor, podemos conquistar cualquier cosa
Porque es lo más hermoso y poderoso

Su toque

Su tacto es suave como una brisa de verano,
Suave y cálido, como el sol en mi piel.
Me tranquiliza el alma,
Y me hace sentir viva por dentro.

Su tacto es como un bálsamo curativo,
Calmando todos mis problemas y mis miedos.
Me levanta, me calma,
Y me llena de alegría.

Su tacto es como una gema preciosa,
Un tesoro que hay que apreciar y adorar.
Me llena el corazón de amor y alegría,
Y me deja con ganas de más y más.

Así que brindemos por su suave toque,
Una bendición que aprecio mucho.
Porque con ella a mi lado
Sé que todo está claro.

El amor está en el aire

El amor está en el aire, un sentimiento tan verdadero y puro
Un lazo que nos une, un amor seguro
Es un sentimiento que llena la atmósfera
Una belleza que no podemos ignorar, una belleza que es clara

El amor está en el aire, un sentimiento que llena nuestros corazones
Un vínculo que construimos desde el principio
Es un sentimiento que nos hace sentir vivos
Una belleza que nos llena de alegría, una belleza que nos hace prosperar

El amor está en el aire, un sentimiento que está en todas partes
Un vínculo que compartimos, sin cuidado
Es un sentimiento que nos llena de esperanza y de alegría
Una belleza que nos llena de amor, una belleza entrañable

Por el amor en el aire, una belleza que debemos abrazar.
Un sentimiento que nos alegra y nos llena la cara
Con amor, podemos conquistar cualquier cosa
Porque es lo más hermoso y poderoso

Su aliento

Su aliento es como una suave brisa
Suave y cálido al contacto con mi piel
Lleva consigo el aroma de la lavanda
Y llena mis sentidos de paz interior

Su aliento es como una canción de cuna
Calmante y relajante para mi alma
Aporta una sensación de confort y amor
Y me ayuda a sentirme completo

Su aliento es como un soplo de aire fresco
Despejar la niebla y la bruma
Me vigoriza y me refresca
Y llena mi corazón de gracia

Su aliento es como un regalo precioso
Una bendición que hay que apreciar y venerar
Llena mi vida de alegría y belleza
Y me llena de amor, ahora y siempre

Hasta la muerte

Estaré contigo hasta que muera
Una promesa que nunca mentirá
Un vínculo que compartimos, en las buenas y en las malas
Un amor que siempre vencerá

Estaré contigo hasta que muera
Un voto que nunca temblará
Un vínculo que construimos, mano a mano
Un amor que siempre permanecerá

Estaré contigo hasta que muera
Un compromiso inquebrantable
Un vínculo que creamos, de corazón a corazón
Un amor que nunca se separará

Así que brindo por estar contigo hasta que muera.
Una promesa que nunca mentirá
Un vínculo que nos alegra y nos llena la cara
Con amor, podemos conquistar cualquier cosa
Porque es lo más hermoso y poderoso

Te quiero

Te amo, es un sentimiento tan verdadero y puro
Un lazo que nos une, un amor seguro
Es un sentimiento que llena mi corazón y mi alma
Una belleza que me hace entero, una belleza que se reparte

Te amo, es un sentimiento que llena el aire
Un vínculo que compartimos, sin cuidado
Es una sensación que me hace sentir vivo
Una belleza que me llena de alegría, una belleza que me hace prosperar

Te quiero, es un sentimiento que está en todas partes
Un vínculo que compartimos, sin comparación
Es un sentimiento que me llena de esperanza y alegría
Una belleza que me llena de amor, una belleza que es querida

Así que aquí está a I love you, una belleza que debemos abrazar
Un sentimiento que nos alegra y nos llena la cara
Con amor, podemos conquistar cualquier cosa
Porque es lo más hermoso y poderoso

Enamorado

Me pesa el corazón y me duele el alma
Estoy enfermo de amor, no puedo soportarlo más
Cada momento parece una eternidad
Mientras anhelo tu tacto, tu presencia, tu compañía

Echo de menos cómo me hacías reír
Echo de menos la forma en que me abrazaste
Echo de menos cómo me mirabas
Con amor y adoración en tus ojos, supongo

Intento distraerme, llenar el vacío
Pero nada puede reemplazar la alegría y la felicidad que trajiste
Estoy perdido sin ti, mi amor
Estoy enfermo de amor, mi corazón está destrozado

Pero me aferro a la esperanza y a la fe
Que un día nos reuniremos
Y mi mal de amores se desvanecerá
A medida que nuestro amor se reaviva, se reaviva

Abrazar

No hay nada que me guste más que un abrazo romántico.
Contigo a mi lado, todo se siente bien
Tus brazos a mi alrededor, abrazándome fuerte
Me siento tan segura, tan amada, tan completa

Yacemos allí, entrelazados en el abrazo del otro
Nuestros corazones latiendo como uno, en perfecta sincronía
Susurramos cosas dulces e intercambiamos besos suaves
Mientras el mundo exterior se desvanece, nos hundimos

En nuestra pequeña burbuja de amor y alegría
Donde todo es perfecto y nada puede dañarnos
Nos quedamos allí, perdidos el uno en el otro, durante horas
Hasta que el sueño nos lleve, a un sueño dichoso

Y cuando nos despertamos, nos abrazamos un poco más
Porque es la mejor sensación del mundo
Estar cerca de ti, sentir tu calor y tu amor
Eso es todo lo que necesito, todo lo que podría pedir

Mi querido amor

Mi querido amor, eres la luz en mi vida
La que me trae alegría y felicidad
Eres mi roca, mi apoyo, mi fuerza
No sé dónde estaría sin ti, mi amor

Tienes una manera de hacer que todo parezca correcto
Incluso cuando parece que el mundo se desmorona
Tu tacto, tu sonrisa, tus palabras de consuelo
Curan mis heridas y reparan mi corazón roto

Eres mi alma gemela, mi compañera, mi amiga
La que me entiende como nadie más puede hacerlo
Tienes mi corazón, mi confianza, mi lealtad
Por siempre y para siempre, mi querido amor, soy tuya

Te amo con cada fibra de mi ser
Agradezco tenerte a mi lado
Aprecio cada momento que compartimos juntos
Y espero toda una vida de amor contigo

Rompecorazones

Eres mi rompecorazones, mi dulce deseo
La que hace que mi corazón lata más rápido
No puedo sacarte de mi cabeza, mi amor
Has capturado mi corazón, y nada más importa

Me atraes como una polilla a una llama
Soy incapaz de resistirme a tus encantos
Tu sonrisa, tu risa, tu tacto, me vuelven loco
Y me quedo con ganas de más

Quiero estar contigo, sentir tu abrazo
Mirarte a los ojos y ver para siempre
Quiero compartir mi vida contigo, ocupar nuestro lugar
Como dos corazones que laten como uno, ahora y siempre

Eres mi rompecorazones, mi único y verdadero amor.
Y te apreciaré, siempre y para siempre

Amar y gustar

Amar y gustar, dos caras de la misma moneda
Una nos llena el corazón de alegría, la otra es más parecida al
El amor es un sentimiento que nos consume por completo
Gustar es un sentimiento que tarda en desplegarse

El amor es un sentimiento que llena el aire
El gusto es un sentimiento que tarda en desgastarse
El amor es un vínculo que compartimos, sin un cuidado
El cariño es un vínculo que construimos con el tiempo y con cuidado.

El amor es un sentimiento que nos llena de esperanza y alegría
Gustar es un sentimiento que nos llena de alegría y de miedo
El amor es una belleza clara y verdadera
Como es una belleza que es nueva y verdadera

Por el amor y el gusto, dos caras de la misma moneda.
Una nos llena el corazón de alegría, la otra se parece más a
Con amor y afecto, podemos conquistarlo todo
Porque son las cosas más bellas y poderosas

Amar y gustar 2

Amar y gustar, dos palabras tan pequeñas
Pero tienen tanto poder que pueden cambiarlo todo.
El amor es un sentimiento profundo y verdadero
Llena tu corazón, colorea tu mirada

El amor es una fuerza que mueve montañas
Lo conquista todo, no conoce límites
El amor es un fuego que arde
Te mantiene caliente, te guía a través de la noche

Like es una palabra que se usa a menudo
Pero no se puede comparar con el amor
Como es un sentimiento fugaz y ligero
Es una chispa temporal, no se enciende

El amor es una elección, requiere compromiso
Es un viaje, un camino, es infinito
Gustar es una palabra que se dice fácilmente
Pero el amor es un sentimiento que se siente de verdad

Así que si amas a alguien, no te contengas
Deja que tu corazón te guíe, no tengas miedo

El amor es un regalo, está destinado a ser compartido
Así que abrázalo, aprécialo y deja que te lleve hasta allí.

Desamor

El desamor es una tormenta que no cesa
Una tempestad que te desgarra el alma
Dejándote maltrecha y rota, completamente sola
A su paso, un rastro de dolor y angustia

El desamor es un fuego que arde en lo más profundo
Una llama que consume toda tu esperanza y alegría
Dejándote carbonizado y quemado, sin nada que ganar
A su paso, un montón de cenizas, un juguete arruinado

El desamor es un veneno que se filtra en tus venas
Un veneno que se extiende por cada centímetro de ti
Dejándote enfermo y débil, sin nada que ganar
A su paso, un rastro de destrucción, una vida nueva

El desamor es un viaje que todos debemos hacer
Un camino que nos lleva a un mañana más brillante
Dejando atrás el dolor, la angustia, el dolor
A su paso, una oportunidad de volver a amar, de pedir prestado

De las cenizas del desamor, nos levantamos de nuevo
Más fuerte, más sabio, listo para amar de nuevo

Abrazando el viaje, la tormenta, el fuego
Abrazando el dolor, la angustia, el deseo

Porque el desamor es un maestro, un guía, un amigo
Conduciéndonos a un amor que nunca acabará.

www.ingramcontent.com/pod-product-compliance
Lightning Source LLC
LaVergne TN
LVHW052111160826
845678LV00015B/3495